AF609953

Lb 57 1-166

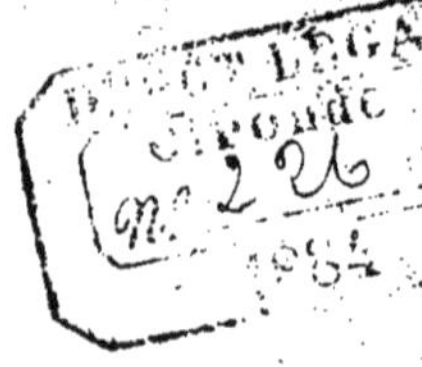

DOLÉANCES

DE

JACQUES BONHOMME

A SES DÉPUTÉS

« Jacques Bonhomme ne lâche pas son argent s'il n'est roué de coups; mais Jacques Bonhomme paiera, car il sera battu. »

(DE BONNECHOSE, *Histoire de France*, t. Ier, p. 315.)

BORDEAUX
FERET ET FILS, LIBRAIRES-ÉDITEURS
15, COURS DE L'INTENDANCE, 15.

1881

$L^{57}b$
8599

DOLÉANCES

DE

JACQUES BONHOMME

A SES DÉPUTÉS

« Jacques Bonhomme ne lâche pas son argent s'il n'est roué de coups; mais Jacques Bonhomme paiera, car il sera battu. »

(DE BONNECHOSE, *Histoire de France*, t. Ier, p. 315.)

BORDEAUX
FERET ET FILS, LIBRAIRES-ÉDITEURS
15, COURS DE L'INTENDANCE, 15.

1881

Lb 57 / 8599

DOLÉANCES

DE

JACQUES BONHOMME

A SES DÉPUTÉS

MESSIEURS NOS DÉPUTÉS,

Permettez avant tout que j'explique à ceux de vos collègues qui siègent à l'extrême gauche que je ne me sers pas du mot *citoyens* pour deux motifs : le premier, parce qu'en l'employant entre nous, qui sommes tous électeurs et éligibles et qui ne pouvons pas ne pas être des citoyens, je craindrais d'aller sur les brisées de M. de La Palisse, et le second, parce qu'il me coûterait de me départir, en ne me servant pas du mot *Messieurs*, de ces habitudes de politesse que mes parents m'ont données, à l'égard surtout des personnes qui, comme vous, nous inspirent de la confiance et du respect. Quoique ruraux, nous ne nous permettrons pas d'être aussi familiers avec vous, car nous savons que la politesse est un des principaux moyens d'entretenir parmi les hommes des relations faciles et agréables, et en passant je vous dirai, Messieurs, que ceux qui nous ont conquis à la République ne sont pas précisément ces énergumènes, en colère permanente contre leurs adversaires et lançant, comme des oracles infaillibles, des formules dont ils ne permettent pas d'étudier et de contester la valeur, mais bien les vrais patriotes qui, obligeamment et patiemment, en nous déduisant toutes les raisons à l'appui de leurs dires, nous ont amenés à conclure avec eux qu'il n'y avait plus aujourd'hui que cette forme de gouvernement qui pût nous sortir d'affaire.

Nous sortir d'affaire! ah! Messieurs, pour nous qui avons tant besoin de paix et de tranquillité pour mener nos rudes labeurs à bonne fin et qui, à cause de cela, avons servi aux divers gouvernements à se consolider; nous sortir d'affaire, c'est-à-dire éviter les révolutions et les guerres, dont nous faisons les principaux frais, c'est là le plus ardent de nos vœux! Est-ce à dire pour cela que nous reculerions devant l'ennemi ou que nous nous courberions comme des bêtes de somme devant des maîtres durs et despotiques? L'histoire est là pour répondre que nous avons toujours fait notre devoir sur les champs de bataille et que, lorsque survint notre grande Révolution de 1789, nous nous associâmes avec ardeur à ce mouvement dans ce qu'il avait de légitime, et elle nous rend cette justice, que la plupart des excès qui accompagnèrent cette révolution, ne peuvent pas être mis sur le compte des paysans républicains.

Il importe donc à nous, paysans, que cette forme de gouvernement devienne définitive, et que nous ne soyons pas obligés de recourir à ces sauveurs dispendieux, qui n'ont jamais pu sauver que leur caisse, et pour cela il faut que la République fonctionne, non pas au profit de tels ou tels ambitieux, de tels groupes exigeants, bruyants, menaçants même, mais au profit de tout le monde, avec une balance égale des intérêts de chacun de nous.

Veuillez remarquer, Messieurs, que ce n'est pas au nom d'une minorité infime que nous élevons la voix; nous sommes légion dans le pays, une légion pacifique, travailleuse, mais pour la bataille, lorsqu'il faudra se montrer, munie d'une arme irrésistible : le bulletin de vote. Au temps où les républicains n'étaient pas les plus nombreux, Jacques

Bonhomme se rappelle leur avoir entendu dire que les droits des minorités devaient être sauvegardés; or, aujourd'hui, Messieurs nos Députés, ce n'est pas sur les droits d'une minorité qu'il appelle votre attention, mais bien sur les intérêts d'une majorité considérable.

Cette majorité est composée de paysans, petits propriétaires détenant presque tout le sol et aussi de quelques bourgeois, qui ne conservent leur propriété qu'à la condition d'y sacrifier ce qui leur reste de capitaux, puis de commerçants grands et petits, artisans, ouvriers et journaliers des villages, bourgs et petites villes, qui tous souffrent cruellement de la détresse de l'agriculture.

Cette majorité a des habitudes régulières, exigées par de durs travaux qui se succèdent sans interruption pendant toute l'année; il est impossible à l'ouvrier des champs de limiter les heures de travail, car souvent le labeur se commence ou se continue inévitablement pendant la nuit; il ne peut pas chômer le lundi puisqu'il a à peine le temps de se reposer le dimanche.

Cette majorité fournit à nos armées de bons soldats, endurcis au travail, soumis à la discipline; elle paie de lourds impôts qui deviennent toujours plus lourds pour l'agriculture; elle a à peine quelques distractions lorsque les grands centres regorgent de plaisirs coûteux et énervants. Aussi depuis longtemps on dit et avec raison : les bras manquent à l'agriculture. Et pourquoi? Parce que, soumis à toutes sortes de fléaux redoutables, dont l'éventualité paralyserait ses efforts s'il avait moins de courage, le paysan, voyant l'incertitude du résultat en regard de la certitude d'un labeur qui l'écrase sans le rémunérer, ne quitte pas un travail avec lequel il s'est identifié toute sa vie, mais le fait abandonner à ses enfants.

Jacques Bonhomme, Messieurs, ne vous fatigue pas souvent de ses doléances, il ne vous harcèle pas, ne vous menace pas; il ne demande pas le droit d'insulter impunément dans un journal les élus de son choix; il ne demande pas non plus l'exorbitant, stupéfiant, anti-républicain et anarchique privilège, pour telle ou telle de ses communes, de devenir un État dans l'État, et si une d'elles avait eu l'honneur d'être le berceau de M. Thiers elle n'aurait pas, comme une des plus grandes villes de France, qui préfère sans doute l'œuvre communarde à l'œuvre patriotique du libérateur du territoire, refusé d'élever une statue au fondateur de la République; il ne s'imagine pas être assez instruit pour reconstituer la société sur de nouvelles bases et élaborer dans quelque club un programme dont l'exécution rendrait tout le monde heureux et content... Son gros bon sens lui fait comprendre que ce sont là des billevesées de cerveaux hantés par les rêveries malsaines de l'oisiveté, et dominés par l'envie et un incommensurable orgueil; insanités soigneusement entretenues par les fruits secs de toutes les professions, journalistes de hasard, orateurs de carrefour, conférenciers de bas étage, qui ne réussissent à être vus de loin qu'en se faisant faire la courte échelle par les badauds envieux qui les écoutent.

Dans cet immense tohu-bohu d'affirmations impies, de programmes insensés puant l'anarchie, Jacques Bonhomme, parmi tous ces violents, joue le rôle de pauvre honteux; il ne se met pas en grève, il ne fait pas d'émeute; il prend patience, mais avec ses voisins il se dit qu'il faut bien qu'il parle à la fin, puisqu'on a l'air de ne songer à lui que lorsqu'on lui demande son vote.

— Ah! c'est toi, Jacques Bonhomme, qu'y a-t-il pour ton service? Est-ce que notre journal ne te dit pas que tout va pour le mieux dans le meilleur des gouvernements possible? Et par exemple, là, dans la Gironde, la Dordogne ou le Lot-et-Garonne, ne fais-tu pas bien tes affaires? Mon groupe, à la Chambre, trouve que cela marche bien, très bien, et que nous n'avons qu'à continuer... Voyons, en quoi pouvons-nous venir à ton aide?

Eh bien! Messieurs nos Députés, puisque vous êtes disposés à m'écouter, ce qui est votre devoir, je vais résumer en quelques mots mes doléances.

Je commence par vous rappeler notre belle devise républicaine : *Liberté, Égalité, Fraternité*... De tout temps on a demandé la liberté, puis plus tard l'égalité, j'ai vu ça dans quelques vieux bouquins d'histoire ancienne. Mais où avons nous pris la fraternité? La fraternité, ce sentiment si bon, si doux, qui, bien compris parmi les hommes, donnerait par surcroît les deux autres termes de la formule, la liberté et l'égalité? On ne le trouve que dans l'Évangile, l'Évangile est le code de la fraternité... Et cependant, parce qu'on a faussé l'esprit du christianisme et qu'au nom d'une religion de charité on s'est livré dans le monde à d'abominables persécutions, est-ce une raison pour que vous ayez l'air de vous associer, vous, les représentants de la démocratie, à ceux qui veulent mettre sous les pieds cet admirable code de la fraternité humaine, à ceux qui le bafouent dans les journaux qui sont censés reproduire vos opinions? Ces singuliers philanthropes auraient-ils quelque chose de mieux à nous offrir pour nous soutenir dans notre lutte pour l'existence, dans nos épreuves, dans nos angoisses? Non? Mais alors ce serait une mauvaise action qu'ils commettraient en cherchant à nous enlever nos croyances.

Non, vous ne voulez pas vous associer à cette guerre, mais vous ne dites rien de peur d'être traités de cléricaux, et votre silence encourageant les ennemis de l'idée religieuse, ils en sont venus jusqu'à jeter cet audacieux défi à la conscience publique, dans un journal qui s'imprime à Paris : « Dieu c'est le mal. — Toute calamité nous est venue » de la croyance en ce maître odieux. — Non seulement je ne » crois pas que l'homme qui croit véritablement en Dieu soit

BIBLIOTHÈQUE NATIONALE IMPRIMÉS

» un honnête homme, mais il me coûte d'admettre qu'il le » puisse être. — Prier c'est s'humilier. » (*Le Voltaire*, 5 novembre 1880.)

Ce journal n'est pas celui de feu Blanqui, c'est un journal qui s'abrite sous le nom d'un de nos plus grands écrivains, qui protesterait s'il sortait de sa tombe, puisque lui-même a dit que si Dieu n'existait pas il faudrait l'inventer. Si Voltaire vivait et qu'il eût été appelé parmi vous, il aurait été révolté de vous voir marchander à l'instituteur laïque l'autorisation de parler à nos enfants de Dieu et de l'immortalité de l'âme.

Du reste nous savons que Mirabeau disait : « Dieu est aussi nécessaire que la liberté au peuple français; » et M. de Tocqueville : « Si un peuple ne croit pas, il faut qu'il serve; » et Edgard Quinet : « Les savants ont leur chimère : ils se figurent que la science remplacera bientôt la religion, c'est bien mal connaître l'homme. »

Jacques Bonhomme tient à sa religion, mais il n'est pas clérical dans l'acception que l'on donne aujourd'hui à ce mot; il n'insulte pas, mais il plaint ceux qui vont à Lourdes; il pense qu'il y a longtemps que les Jésuites auraient dû être renvoyés d'un pays qu'ils voulaient asservir, puisqu'ils ont été proscrits, même par la royauté dite de droit divin; mais il assiste, comme Voltaire à Ferney, à de trop beaux levers de soleil, pour ne pas dire des athées d'aujourd'hui, comme Voltaire le disait de ceux de son temps : « Mais ces gens sont insensés de ne pas croire en Dieu ! »

Non, parmi nous il n'y a pas d'athées, et si quelque exception malheureuse existait, je réponds que celui qui voudrait mettre au jour de si désolantes doctrines, aurait honte et remords de le faire devant ses enfants.

Vous le voyez, Messieurs nos Députés, entre les opinions de vos électeurs et celles de la population parisienne au milieu de laquelle vous exercez votre mandat et dont les clameurs vous préoccupent et vous étourdissent, il y a un abîme, et ce n'est pas étonnant; les milieux dans lesquels ces opinions se forment sont si différents! Après son repas du soir, Jacques Bonhomme, fatigué de sa journée, se hâte de gagner son lit; le lendemain, dès avant le jour, le corps et l'esprit à jeun, il assiste en travaillant à cet admirable réveil de la nature qui remplit son âme d'un sentiment de bien-être, de gratitude et surtout d'une inaltérable confiance qui le fait, malgré bien des traverses, persévérer dans son incessant labeur; en est-il de même là-bas, où chez le mastroquet, l'ouvrier commence inévitablement sa journée en s'acharnant à tuer, dans des flots de n'importe quoi alcoolisé, l'indestructible ver qui le ronge?

Puis, lorsqu'il s'agit d'exercer ses droits de citoyen, Jacques Bonhomme s'enquiert de celui qui, là, à ses côtés, au vu et au su de tous, a fait ses preuves de capacité, de probité, de dévouement au pays et conquis l'estime et la sympathie de ses compatriotes, et quand bien même son programme politique ne lui agréerait pas en quelque point, il le nomme de bon cœur parce qu'il le sait ami de la paix, prudent et sage, libéral mais incapable de caresser des idées de bouleversement social et de discorde. En est-il de même là-bas, dans cette Babel où s'agitent et se menacent tant de partis ennemis, intransigents, communistes, socialistes, communalistes, collectivistes et autres artistes... en démolition?

Aussi je dois vous le dire, Messieurs nos Députés, Jacques Bonhomme n'est pas partisan de cette machine électorale qu'on appelle le scrutin de liste, au moyen de laquelle on le mettrait comme un incapable sous la tutelle des comités des grands centres, attendu que les coqs de son clocher, qui chantent si bien chez eux, et qu'il choisirait pour ses délégués, pourraient bien baisser la crête devant les coqs beaucoup plus hardis des grandes villes et laisser imposer à son choix d'illustres inconnus, affamés d'appointements, et qui ne sauraient pas un mot de ce qui touche à ses intérêts. Non, non, pas de despotisme sous le drapeau de la liberté!

Il y a la grande question du pain quotidien... Certes, Jacques Bonhomme n'est plus, Dieu merci, l'être misérable et dégradé du siècle du roi Soleil, dont j'ai lu la désolante peinture dans un des grands écrivains de ce temps-là. Mais s'il n'est plus forcément attaché à la glèbe et s'il consent à travailler rudement pour fournir ce qui est indispensable à tous, il faut qu'il soit payé de son labeur et avant tout qu'il en vive, il faut aussi qu'il soit encouragé et que notre grand poète ne vienne pas lui dire que son travail n'est qu'humain lorsque celui des villes est divin.

Nous ne sommes pas assez idiots, Messieurs, pour rendre la République responsable de tous les fléaux qui frappent nos malheureuses campagnes, oïdium, phylloxera, pluies continuelles qui, engendrant les mauvaises herbes, étouffent nos blés, gelées qui paralysent ce qui reste de nos vignes.

Mais si au lieu de cinquante sacs de blé je n'en ai que vingt et qu'après avoir vécu avec ma famille, je ne puisse vendre ce qui me reste qu'un ou deux francs au-dessus du cours d'une bonne année;

Si au lieu de vingt barriques de vin je n'en récolte que deux, et si me contentant de piquette pour ma consommation, je ne retire de ces deux barriques que le prix d'une année ordinaire d'autrefois;

Si après avoir fait des dépenses pour engraisser ces animaux de boucherie que les citadins trouvent si bons, je rentre tout juste dans le prix de revient après les dépenses payées;

Si je vends des volailles qui, à cause de la mortalité (le choléra des poules, entre autres) et les dégâts qu'elles causent aux récoltes, ne me laissent qu'un profit insignifiant;

Ah! Messieurs nos Députés, en supposant que la grêle ne s'en mêle pas, comment pourrai-je faire pour nourrir mon monde et ne pas indisposer contre moi mon percepteur avec lequel j'ai toujours été si bien d'accord? L'État nous prêtera, dites-vous, pour augmenter notre outillage... merci de vos bonnes dispositions, mais notre outillage nous suffit; puis, quand on emprunte il faut rendre; un paysan qui emprunte est bien malade, lui qui n'entend rien à ces coups de bourse qui sortent un homme d'affaire et transforment instantanément un pauvre diable en un gros richard.

De plus, les impôts deviennent bien lourds, quoi qu'en disent les journalistes; ainsi dans la Dordogne où j'ai quelques morceaux de terrain j'ai constaté une augmentation notable; tout surpris et croyant à une erreur, je me suis informé et j'ai appris que cette augmentation était occasionnée par la construction d'un chemin de fer à l'autre extrémité du département; j'en ai été bien enchanté pour ceux à qui il peut être utile, et s'il est appelé à transporter le plus tôt possible beaucoup de blé, de vin et des bœufs gras pour le carnaval de Paris; cependant, en y réfléchissant, je suis devenu un peu inquiet et je me suis dit: Eh! comment diable pourrons-nous faire lorsque les dix-huit mille kilomètres de chemins de fer annoncés seront en cours d'exécution?

Si les journalistes se sont trompés sur la question de diminution des impôts, c'est tellement ils la désirent et en particulier celle qui dégrèverait le papier, dès lors ils auraient pu se tromper aussi sur l'augmentation des revenus de la France; ainsi, par exemple, il paraît que ce sont les douanes qui ont fourni plus que d'habitude à l'actif du budget... Voyez, Messieurs nos Députés, ce que c'est que de n'entendre rien aux affaires! Dans notre pénurie de certains produits, nous les avons reçus de l'étranger, nous les avons bien payés sans doute et notre argent a passé la frontière... Donc plus nous vidons notre gousset et plus nous sommes riches? C'est une idée que j'ai besoin de creuser pour la comprendre. Il paraît qu'il y a aussi une plus-value sur le rendement de l'impôt des boissons. En présence de la misérable quantité de vin que nous avons récoltée en France, cette plus-value ne peut concerner que les spiritueux; or, pouvons-nous nous en réjouir alors que le trésor public ne s'enrichirait qu'aux dépens de la santé publique? Messieurs les conservateurs des hypothèques pourraient aussi vous édifier sur les causes réelles du boni donné par l'enregistrement.

Ah! quel bonheur d'avoir là, sous la main, tous prêts à nous octroyer leurs bons offices, des hommes si savants, si actifs, si compétents en toutes choses. Car comment voulez-vous que Jacques Bonhomme ait l'esprit et le temps de ruminer, de comparer, de se faire enfin une idée exacte des questions qui mettent en jeu ses plus graves intérêts : l'Église et l'État, l'enseignement, la prohibition, le libre échange, l'impôt, la magistrature, l'armée et tant d'autres questions encore!

Aussi c'est sur vous que nous comptons, Messieurs nos Députés; vous nous arrangerez tout cela pour le mieux et en toute sécurité d'esprit, sans vous soucier outre mesure des manifestations extravagantes de tous les partis hostiles à la République, car nous sommes derrière vous.

Ainsi, pour le libre-échange et la prohibition, vous vous inspirerez sans doute de cette idée émise dans un de ses voyages par un ancien ministre des travaux publics et dont voici le sens: les systèmes économiques appliqués d'une manière absolue peuvent amener des erreurs et des injustices;

Pour l'enseignement et la question religieuse, vous veillerez à ce qu'on ne maltraite pas trop le bon Dieu;

Pour l'impôt, s'il est possible de l'alléger, vous tâcherez de faire porter la diminution un peu de notre côté;

Pour l'armée, vous essaierez d'obtenir que nos enfants,

qui nous font bien besoin, reçoivent leurs congés dans des saisons où ils nous seraient d'un grand secours;

Et surtout, enfin, à ce que (en respectant les principes de la liberté commerciale, qui est une excellente chose) les quelques produits tels que blés, vins, bestiaux, que nous aurions à vendre pour payer nos impôts, nos journaliers, l'épicier et le tailleur, ne restent pas en nos mains des non-valeurs par suite de la concurrence à outrance que nous font les étrangers.

Ah! Messieurs nos Députés, ce sont là d'ardus problèmes que vous avez à résoudre, mais qui ne sont pas au-dessus de vos forces et de votre bonne volonté! Nous comprenons que le temps peut vous manquer, car, bien à contre-cœur sans doute, vous êtes souvent obligés de prendre des vacances, de vous tenir au courant de ce qui concerne les beaux-arts, peinture, concerts, théâtres, etc.

Il existe un moyen qui fut indiqué dans le temps et qui aurait bien fait votre affaire, à vous qui êtes des piocheurs, Messieurs nos Députés, mais la chose ne fut pas comprise: il s'agissait de transporter le siège de vos délibérations dans une ville de province, bien sage, bien tranquille, où le bruit de la rue ne vous aurait pas inquiétés, Limoges, par exemple, où, dit-on, il pleut souvent et où vous auriez eu du bonheur à vous absorber, à l'abri de toutes les intempéries du ciel et de la terre, dans la recherche de la pierre philosophale du bien public, en vous délassant d'un travail par un autre, ce qui est une distraction; car j'ai vu mon notaire, après s'être creusé la tête à débrouiller nos affaires de famille, se la creuser encore davantage, pour se distraire, en faisant manœuvrer des pions sur un échiquier.

Vous auriez eu là, nos chers Députés, tout ce qu'il faut pour rendre un travail productif et efficace, sécurité, silence, obligation de s'occuper pour ne pas s'ennuyer, et certitude que les appointements qui vous sont attribués par la République sont parfaitement à l'abri de la gelée et de la grêle.

Sur ce, nos chers Députés, en vous priant d'excuser les quelques écarts de langage qui auraient pu échapper à notre rusticité, nous vous assurons de nouveau de toute notre confiance en votre activité et en vos lumières, de nos respects, de nos remerciements pour ce que vous avez fait pour nous et de notre reconnaissance anticipée pour tout ce que vous avez à faire encore.

Jacques BONHOMME.

Pour copie conforme :

G. F.

BIBLIOTHÈQUE NATIONALE R.F. IMPRIMÉS

Sainte-Foy (Gironde), mars 1881.

Bordeaux. — Imp. G. Gounouilhou, rue Guiraude, 11.

101

www.ingramcontent.com/pod-product-compliance
Ingram Content Group UK Ltd.
Pitfield, Milton Keynes, MK11 3LW, UK
UKHW020412250726
13967UKWH00006B/2601